VENTE

Du Mercredi 21 Juin 1899

HOTEL DES VENTES, SALLE N° 5

à trois heures

SCULPTURES ANCIENNES

MARBRE

TERRE CUITE

PLATRE

Mᵉ SANONER	**M. GANDOUIN** PÈRE
Commissaire-Priseur	*Expert*
4, Square Labruyère, 4	40, avenue Wagram, 40

AVEC LE CONCOURS DE

M. G. GIACOMETTI, *artiste statuaire, 39, rue Truffaut*

CHEZ LESQUELS SE DISTRIBUE LE PRÉSENT CATALOGUE

EXPOSITION

LE MARDI 20 JUIN 1899

DE 1 H. 1/2 A 5 H. 1/2

et le jour de la vente de 1 h. 1/2 à 3 heures

EXEMPLAIRE DE H. STETTINER

IMPRIMERIE ARTISTIQUE
MÉNARD & CHAUFOUR 2 & 10, RUE MILTON
PARIS

CATALOGUE

DE

SCULPTURES ANCIENNES

MARBRE

TERRE CUITE

PLATRE

DONT LA VENTE AURA LIEU

HOTEL DES VENTES, SALLE Nº 5

Le Mercredi 21 Juin 1899

à trois heures

~~~~~~~~~~

Mᵉ SANONER	**M. GANDOUIN PÈRE**
Commissaire - Priseur	*Expert*
4, Square Labruyère, 4	40, avenue Wagram, 40

AVEC LE CONCOURS DE

M. G. GIACOMETTI, artiste statuaire, 39, rue Truffaut

CHEZ LESQUELS SE DISTRIBUE LE PRÉSENT CATALOGUE

~~~~~~~~~~

EXPOSITION

LE MARDI 20 JUIN 1899

DE 1 H. 1/2 A 5 H. 1/2

et le jour de la vente de 1 h. 1/2 à 3 heures

CONDITIONS DE LA VENTE

Elle sera faite au comptant.

Les acquéreurs paieront *cinq pour cent* en sus des adjudications.

L'exposition permettant au public de se rendre compte de l'état et de la nature des sculptures, il ne sera admis aucune réclamation une fois l'adjudication prononcée.

Paris. — Imprimerie Ménard et Chaufour, 8-10, rue Milton.

DÉSIGNATION

BOSIO (François-Joseph)

1 — *Achille.*

Buste marbre.

Haut. : 0ᵐ63.

BEAUVALLET

2 — *Vestale.*

Statuette terre cuite.

Haut. : 0ᵐ27.

BOUCHARDON (Edme)

3 — *Tête de jeune garçon.*

Buste terre cuite.

Haut. : 0ᵐ47.

BOSIO (François-Joseph) et BARTHOLINI (Laurenzo)

4 — *Marie-Louise.*

Buste marbre. Signé : BARTHOLINI DIREXIT BOSIO.
Haut. : 0m71.

BARTHOLINI (Laurenzo)

5 — *Bonaparte.*

Buste marbre. Signé BARTHOLINI DIREXIT.
Haut. : 0m70.

BARYE (Attribué à Antoine-Louis)

6 — *Lion dévorant un gavial.*

Terre cuite. Signé. Fractures.
Long. : 0m62.

BRÉMONTIER (École française xixe siècle)

7 — *Viala.*

Buste plâtre teinté. Signé.
Haut. : 0m60.

CAFFIERI (Jean-Jacques)

8 — *Peiresc.*

Buste plâtre teinté portant au revers l'inscription suivante :

Nicolas C. Fabri de Peiresc né en Provence
en 1580, mort à Aix en 1637, fait par J.-J,
Caffieri en 1787.

Haut. : 0^m71.

CHINARD (Joseph)

9 — *Vénus.*

Statuette terre cuite. Signée du monogramme.

Haut. : 0^m50.

CHINARD (Joseph)

10 — *Le Génie de la Liberté.*

Statuette terre cuite.

Haut. 0^m27.

CHINARD (Joseph)

11 — *Maréchaux de France.*

Deux petits bustes terre cuite. Signés : Chinard
membre de plusieurs académies.

Haut. : 0^m27.

CLODION (Claude-Michel dit)

12 — *Bacchante et Amour*

Bas-relief forme ovale, cadre du temps en bois
sculpté.

Haut. : 0^m28.

CLODION (Attribué à)

13 — Bacchante.

Statuette tetre cuite.

Haut.: 0^m47.

CLODION (Attribué à)

14 — Jeune femme.

Buste terre cuite.

Haut. : 0^m10.

CLODION (École de)

15 — Jeune femme.

Buste terre cuite.

Haut.: 0^m35.

COUSIN (Jean)

16 — Enfants luttant.

Groupe marbre. Réparé.

Haut. : 0^m5o.

DUQUESNOIS (François)

17 — Bacchants.

Bas-relief, cire colorée. Forme ovale.

FALCONNET

18 — *L'amour et l'Amitié.*

Pendule marbre, ornée de bronzes ciselés, dorés du temps. Mouvement moderne de GARNIER.

Haut.: 0ᵐ43.

FEUCHÈRE

19 — *Groupe d'enfants supportant la couronne impériale.*

Portant l'inscription : *Char funèbre de l'Empereur.* Terre cuite. Signé.

Haut. : 0ᵐ30.

GUILLOT (ARTHUR)

20 — *Klopstock.*

Statuette, terre cuite portant sur le socle l'inscription : *A madame la baronne de Carlowitz.*

Haut. : 0ᵐ39,

JALEY (LOUIS-NICOLAS)

21 — *Mirabeau.*

Statuette, platre teinté.

Haut.: 0ᵐ27

JULIEN (Pierre)

 **— Apollon.**

Statuette, terre cuite.

Haut.: 1^{m}20.

LADATTE (Attribué à)

— **Les Saisons.**

Deux groupes d'Enfants. Terre cuite.

Haut.: 1^m.

LE MIRE

24 — **Larive dans le rôle de Jeannot.**

Statuette terre cuite.

Haut.: 0^{m}5o.

LEMOYNE (Jean-Louis)

— **Diane couchée.**

Statuette terre cuite.

Long. : 0^{m}43

LEMOT (François-Frédéric)

26 — **Fleuve.**

Bas-relief terre cuite.

Long. : 0^{m}33

MARIN (Attribué à)

— Duchesse d'Angoulême.

Buste terre cuite.

Haut. : 0^m35

MONOT (Ecole Française du XVIIIe siècle)

28 — *Parny* (portrait présumé de)

Buste platre teinté. Signé.

Haut. : 0^m70

PAJOU (Augustin)

29 — *L'Innocence et l'Amour.*

Groupe terre cuite.

Haut. : 0^m57

PAJOU (Attribué à)

30 — *Clairon* (portrait présumé de cette actrice).

Buste terre cuite.

Haut. : 0^m75

PIGALLE (genre de Jean-Pierre)

— *Jeune Garçon.*

Buste terre cuite, XVIIIe siècle.

Haut. : 0^m40

QUENARD (Philippe)

32 — *Portrait de Femme.*

Buste terre cuite. Signé, daté 1809.

Haut. : 0ᵐ43

RAMEY (Claude)

33 — *Cambacérés.*

Statuette, terre cuite.

Haut. : 0ᵐ18

RENAUD

34 — *Louis XVI.*

Buste, terre cuite.

Haut. : 0ᵐ13

ROSSET (Joseph)

35 — *Voltaire et la Famille du Fermier.*

Bas relief, terre cuite, ovale

Haut. : 0ᵐ35 ; 0ᵐ41

Ce bas-relief fût exposé au Salon de la correspondance, en 1779. — Il représente Voltaire assis au pied d'un arbre, un livre à la main ; une famille de pauvres gens, chassés d'une ferme qu'ils occupaient, pour une somme de quatre mille livres, l'entourent. Dès que Voltaire eût appris leur malheur il les fit retourner à la ferme et paya pour eux.

Extrait du dictionnaire des artistes de Bellier de la Chatignerie.

SALY

37 — *Fillette.*

Buste marbre. Signé SALY.

Haut. : 0^{m}49

SUTTER (XVIe siècle.) CLAUX

37 — *Tête de Vieillard.*

Buste, marbre de Paros

Haut. : 0^{m}29

TOUSSAINT

38 — *Vulcain.*

Statuette terre cuite.

Haut. : 0^{m}22

ÉPOQUE GALLO-ROMAINE

39 — *Vieillards.*

Deux petits bustes en demi-ronde bosse.

Haut. : 0^{m}19

ÉCOLE FRANÇAISE DU XVIIIe SIÈCLE

40 — *Louvois* (portrait présumé de)

Buste marbre.

Haut. : 0^{m}78

ÉCOLE FRANÇAISE DU XVIIIᵉ SIÈCLE

41 — Hébé.

Statuette terre cuite.

Haut. : 0ᵐ30

ÉCOLE FRANÇAISE DU XVIIIᵉ SIÈCLE

42 — Tête de jeune fille.

Buste plâtre teinté.

Haut. : 0ᵐ47

ÉCOLE FRANÇAISE DU XVIIIᵉ SIÈCLE

43 — Tête de jeune homme.

Buste terre cuite.

Haut. : 0ᵐ50

ÉCOLE FRANÇAISE DU XVIIIᵉ SIÈCLE

*44 — Femme debout tenant une corne d'abon-
dance, destinée à porter des lumières.*

Statuette terre cuite.

Haut. : 1 mètre

ÉCOLE FRANÇAISE DU XVIIIᵉ SIÈCLE

45 — La Charité.

Groupe de trois figures. Terre cuite.

Haut. : 0ᵐ00

ÉCOLE FRANÇAISE DU XVIIIe SIÈCLE

46 — *Marchand de parapluies ; Porteur de raquettes.*

Deux statuettes. Terre cuite.

Haut. : 0^m16

ÉCOLE FRANÇAISE

47 — *Washington.*

Pierre des Vosges.

Haut. : 0^m28

ÉCOLE FRANÇAISE

48 — *Jeune femme.*

Buste terre cuite. Genre de FALCONET.

Haut. : 0^m40

ÉCOLE FRANÇAISE

49 — *Bacchus enfant.*

Buste terre cuite.

Haut. : 0^m20

ÉCOLE FRANÇAISE

50 — *Faune.*

Buste terre cuite.

Haut. : 0^m32

ÉCOLE FRANÇAISE

51 — Jeune Femme.

Buste terre cuite.

Haut. : 0ᵐ27

ÉCOLE ITALIENNE DU XVIᵉ SIÈCLE

52 — *Matrone se chauffant.*

Statuette terre cuite.

Haut. : 0ᵐ40

ÉCOLE ITALIENNE

53 — Moïse.

Statuette terre cuite.

Haut. : 0ᵐ40

ÉCOLE ITALIENNE DU XVIIIᵉ SIÈCLE

54 — Sainte Madeleine; Saint Jérôme.

Deux bas-reliefs terre cuite, forme ovale.

Haut. : 0ᵐ35

55 — Sous ce numéro diverses esquisses, statuettes et bustes par divers artistes.